Analyse de l'œuvre

Par Michel Dyer

Vernon Subutex, tome 1

de Virginie Despentes

lePetitLittéraire.fr

Analyse de l'œuvre

Par Michel Dyer

Vernon Subutex, tome 1

de Virginie Despentes

Rendez-vous sur lepetitlitteraire.fr et découvrez :

Plus de 1200 analyses
Claires et synthétiques
Téléchargeables en 30 secondes
À imprimer chez soi

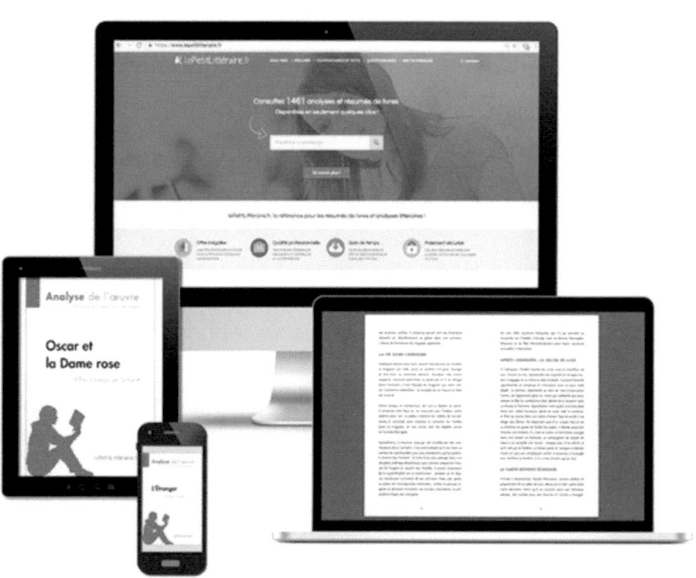

VIRGINIE DESPENTES

ÉCRIVAIN ET RÉALISATRICE FRANÇAISE

- **Née en 1969 à Nancy**
- **Quelques-unes de ses œuvres** :
  - *Baise-moi* (1994), roman
  - *Les Jolies Choses* (1998), roman
  - *King Kong Théorie* (2006), essai autobiographique

Virginie Despentes est une figure controversée de la littérature française du tournant des années 2000. Elle a acquis une célébrité instantanée avec le succès sulfureux de son premier roman, *Baise-moi*, en 1994, et a longtemps été considérée par le prisme de son passé de prostituée. Mais si l'on a parfois caractérisé son œuvre de pornographique, force est de constater que ses romans sont bien plus complexes, comme le prouvent les différentes récompenses qu'elle a obtenues, dont le prestigieux prix Renaudot pour *Apocalypse bébé* en 2010.

Virginie Despentes est une auteur contemporaine majeure, notamment en raison de son attachement aux questions de la marginalisation sociale, identitaire ou sexuelle. Son travail sur la langue et l'oralité est également remarquable.

VERNON SUBUTEX, TOME 1

UNE PLONGÉE CAUCHEMARDESQUE DANS NOTRE SOCIÉTÉ CONTEMPORAINE

- **Genre** : roman
- **Édition de référence** : *Vernon Subutex*, tome 1, Paris, Grasset, 2015, 430 p.
- **1re édition** : 2015
- **Thématiques** : pauvreté, exclusion sociale, critique anticapitaliste, deuil, enquête, rock

Publié en 2015, le premier tome de la trilogie *Vernon Subutex* est un phénomène littéraire, avec plus de 300 000 exemplaires vendus. Critique à la fois virulente et désabusée de la société contemporaine, l'œuvre a trouvé un écho formidable auprès du public, mais aussi de la critique, majoritairement positive.

RÉSUMÉ

UN ANTIHÉROS

Le roman s'ouvre sur la situation précaire de Vernon, ancien disquaire qui approche de la cinquantaine. Sans emploi depuis la fermeture de son magasin, radié du RSA, il voit son capital se réduire petit à petit, en même temps que ses exigences matérielles – ainsi, il apprend à vivre sans télévision, sans chauffage, sans électricité, sans meubles, et enfin, sans Internet. Quand il retrouve une ancienne photo où il pose, jeune, avec ses trois meilleurs amis d'alors, il se rend compte qu'ils sont tous morts récemment.

Le dernier des disparus est Alex Bleach, chanteur à succès qui aidait souvent Vernon financièrement. Sans ce soutien, Vernon ne peut éviter d'être expulsé de chez lui, dans un état d'hébétude qui rend la scène irréelle. Sans toit, sans argent, sans amis, Vernon rassemble ses maigres biens (parmi lesquels figurent des interviews vidéo inédites d'Alex) et entame une tournée de ses connaissances pour continuer à vivoter comme il le fait depuis des années.

LA VALSE DES CONNAISSANCES

La suite du roman est construite sur le principe de la variation des points de vue – le plus souvent, on observe une alternance de chapitres entre la vision de Vernon et celle des différentes personnes qu'il croise. Vernon est ainsi hébergé successivement par Émilie, ancienne membre du premier groupe de rock d'Alex Bleach, puis Xavier, un ami d'enfance qui semble désormais mener une vie rangée aux antipodes de la sienne. Il est ensuite accueilli dans le lit de Sylvie, mère divorcée qui fantasmait sur lui depuis des années et devient vite possessive – Vernon s'enfuit en volant de quoi subsister quelques jours avant d'aller chez Lydia, jeune journaliste qui s'intéresse à Alex Bleach.

Puis, traqué par Sylvie qui retrouve sa trace sur Internet, il squatte chez Gaëlle, où il rencontre Marcia, avec qui il vit une courte mais intense idylle. Il finit enfin chez son ami Patrice, en banlieue. Au fil de ses rencontres, le plus souvent gênantes dans les canapés des hommes comme dans le lit des femmes, Vernon se rend compte qu'il ne peut continuer à vivre aux dépens de ses amis, auxquels il n'ose même pas avouer ses déboires financiers.

L'ÉBAUCHE D'UN PSEUDO-POLAR

Toutefois, si la plupart des personnages dont le roman adopte le point de vue sont des amis de Vernon, la deuxième partie du livre se concentre sur une autre sphère de personnages. Les cassettes vidéo sur lesquelles Alex Bleach a enregistré une interview inédite, mentionnées par Vernon, sont en effet rapidement la source d'une intrigue parallèle, qui permet à Virginie Despentes de mener son roman vers d'autres horizons.

Les personnages de Laurent et de la Hyène, introduits assez tôt dans le roman (respectivement aux pages 110 et 125), puis ceux de Lydia, Pamela, Sélim et Aïcha (aux pages 167 et 187, 260 et 274) ne connaissent pas Vernon, mais cherchent tous à le rencontrer, justement pour mettre la main sur lesdites cassettes. Un suspense diffus s'installe alors, le livre s'éloigne de son personnage principal pour suivre une enquête qui le concerne. Ces deux intrigues s'entremêlent lorsque Vernon dort chez Lydia quelques jours, mais elles demeurent distinctes dans le reste du roman.

LE DÉSESPOIR JUSQU'À LA RUE

La situation de Vernon devient au fil des pages de plus en plus précaire. Il termine ainsi le roman à la rue, rejeté par une société excluante. Toutefois, nous pouvons peut noter quelques touches d'espoir dans les dernières pages, au fur et à mesure que le roman s'enfonce dans la noirceur. L'amour qui lie Vernon à Marcia, présenté par Vernon comme une parenthèse enchantée, en est un signe. Mais davantage encore, l'état d'esprit de Vernon à la fin du roman, loin de l'abattement que pourrait causer sa nouvelle vie dans la rue, est résolument positif. Il semble accéder, grâce à ces épreuves, à une meilleure compréhension de la vie et du monde. Vernon parait ainsi livrer au lecteur une clé de lecture du roman : il ne faut pas se laisser abattre par le désespoir d'autrui, mais au contraire l'embrasser, le comprendre, et, par l'empathie, ainsi parvenir à le dépasser.

ÉTUDE DES PERSONNAGES

VERNON SUBUTEX

Sans surprise, le personnage éponyme est le personnage central du roman, celui qui fait le lien entre tous les personnages présentés, et il est le « narrateur » de la majorité des chapitres. Il constitue sans doute le personnage le plus aimable du roman, non pas par ses actes, mais par les portraits successifs, complémentaires et toujours élogieux qu'en dressent les autres personnages. Les femmes s'accordent à le trouver, pour le moins, séduisant, et les hommes apprécient sa compagnie. Son goût très sûr en musique est l'un des principaux atouts de Vernon, plusieurs fois qualifié de « dieu » lorsqu'il s'improvise DJ dans une soirée huppée. Vernon peut cependant se montrer tour à tour menteur, manipulateur, voleur. Il est également lâche, refusant de demander clairement de l'aide quand il en a besoin, et tournant le dos à ceux qui cherchent à le secourir, par orgueil ou par honte. Finalement, c'est bien cette deuxième partie de sa personnalité qui en fait un personnage si attachant, si proche de nous – un homme incapable de reconnaitre qu'il va finir à la rue, mais qui se trouve de bonnes excuses pour voler de quoi survivre quelques jours, sans jamais même songer à le demander.

Il est le personnage le moins en colère, le moins aigri, et sans doute celui qui fait preuve de la plus grande humanité. Au fur et à mesure du roman, il glisse imperceptiblement du rôle de personnage principal à celui de spectateur de sa propre histoire. Les chapitres centrés sur sa focalisation se font rares et sa capacité à prendre des décisions, à agir, diminue parallèlement. Il subit de plus en plus les événements, semblant accepter son destin avec flegme. D'acteur, il devient spectateur ; de force introductrice de personnages, il devient prétexte à l'observation de ceux-ci. Vernon devient le double du lecteur lorsque ce dernier se soucie moins des aventures du personnage principal que de la caractérisation des nombreux personnages qui se succèdent. Le roman se distancie ainsi peu à peu de Vernon après l'avoir solidement établi, sans cesser toutefois d'utiliser sa capacité à introduire des personnages et les relier entre eux. D'acteur, Vernon devient agent du récit : « Il est un spectateur, un resquilleur lui-même, un clandestin », p. 410.

ALEX BLEACH

La première fois qu'Alex Bleach est cité, p. 30, c'est pour annoncer son décès : « Alex Bleach est mort. » Alex Bleach est l'ombre du roman – un personnage aussi invisible qu'important. Sa mort et son interview vidéo sont respectivement l'élément déclencheur et le moteur de l'intrigue du roman. Il est présenté comme un ami de Vernon qui avait l'habitude de l'aider à payer son loyer, mais le lecteur comprend vite qu'il était bien plus que cela : un chanteur à succès, une vedette, un homme à la beauté magnétisante, un drogué, un artiste qui ne parvenait pas à vivre avec l'idée de succès, un dépressif. Il est une figure centrale du roman, en quelque sorte le pendant de Vernon en ce qu'il constitue lui aussi un lien qui unit tous les personnages – tous l'ont connu, admiré, envié, aimé, et tous cherchent à vivre avec l'idée de sa disparition.

C'est par lui que *Vernon Subutex* peut être lu comme un roman sur le deuil, et les différentes réactions des personnages – le déni, la tristesse,

la colère, la jalousie, la mélancolie, l'indifférence...
– participent de la peinture d'un personnage complexe. Le personnage d'Alex Bleach est surtout à envisager à l'aune du personnage de Vernon – par bien des aspects, il est l'anti-Vernon : riche, célèbre, malheureux, mort. Mais ils partagent aussi de nombreux traits de caractère : tous deux sont mystérieux, insaisissables, séducteurs, talentueux. La figure d'Alex Bleach est donc double : un ami disparu, symbole de la jeunesse évanouie pour ses vieux copains ; un personnage mythique, alter ego de l'évanescent Vernon Subutex, pour ceux qui ne connaissaient que le personnage public. Pour le lecteur, Alex Bleach figure donc deux facettes de Vernon : sa jeunesse dorée et disparue ainsi que son aura mystérieuse et fascinante.

QUELQUES PERSONNAGES RÉCURRENTS

Si la plupart des personnages n'ont droit qu'à un chapitre et sont à peine mentionnés dans les autres, certains sont plus développés.

- **Xavier Fardin, l'ami scénariste** : scénariste en quête d'un second succès plus de vingt ans après le précédent, il est le deuxième ami à accueillir Vernon. Étant marié et père de famille, il ne peut cependant l'héberger très longtemps. Il est également celui qui, par vantardise et soif de renouer avec la célébrité, évoque au Tout-Paris l'existence des interviews vidéo inédites d'Alex Bleach et émet l'hypothèse d'en tirer un film. Comme tous les personnages du roman, Xavier est avant tout un stéréotype, celui du bobo parisien qui vivote dans le milieu du cinéma, sans talent, sans relations, mais certain à chaque nouveau scénario d'avoir écrit le nouveau hit au box-office. Personnage peu sympathique au premier abord, réticent à aider Vernon même quand sa mère le lui demande directement, il a droit à un second chapitre tout à la fin du roman, où il raconte, de façon bouleversante, la mort de sa chienne, faisant preuve d'une sensibilité et d'une humanité insoupçonnée. Voulant protéger Vernon et son amie Olga, il est envoyé à l'hôpital par Noël, le jeune d'extrême droite.

- **La Hyène, chargée de retrouver Vernon** : spécialiste de la e-réputation (la réputation des gens ou des choses en ligne), elle est lesbienne et a pour particularité d'avoir déjà été un personnage sous la plume de Virginie Despentes, dans son précédent roman, *Apocalypse bébé*, publié en 2010. Dans *Vernon Subutex*, elle travaille pour le compte de Laurent Dopalet, le producteur anxieux de mettre la main en premier sur les vidéos d'Alex Bleach. Sans jamais croiser la route de Vernon, elle suit sa trace, avec toujours un temps de retard. Elle retrouve en fin de roman la trace de Xavier grâce à son ami Selim. Pour lui rendre la faveur, elle accompagne à Barcelone sa fille Aïcha. Celle-ci, personnage le plus jeune du roman, encore étudiante et musulmane pratiquante, est aussi la fille de Vodka Satana, ancienne star du X et conquête d'Alex Bleach.

- **Pamela Kant, l'ancienne star du X** : amie de la défunte Vodka Satana, également ancienne star de l'industrie pornographique, elle vit en colocation avec Daniel, anciennement Déborah. Elle jouit d'une grande cote de popularité auprès des hommes, moins auprès des femmes. C'est elle qui finit par retrouver Vernon dans le dernier chapitre du roman et lui apprend qu'il est une célébrité sur Twitter, une personnalité recherchée dans tout Paris. Vernon la renvoie vers Émilie, la toute première personne à l'avoir accueilli, chez qui il a laissé les fameuses cassettes vidéo.

LES AUTRES PERSONNAGES

- **Émilie** : elle est la première à héberger Vernon, seulement quelques jours. C'est chez elle qu'il laisse les cassettes d'Alex Bleach.
- **Céleste** : c'est une jeune femme que Vernon aperçoit dans un bar puis recroise dans la rue, et qui s'avère être la fille d'un ancien ami de Vernon. Un rapport de séduction semble s'instaurer entre eux.
- Laurent : producteur à succès, il avait une très mauvaise relation avec Alex Bleach et espère découvrir en premier son interview pour s'assurer qu'elle ne sera jamais rendue publique. C'est lui qui engage la Hyène.
- **Sylvie** : elle accueille Vernon et en devient follement amoureuse. Furieuse de son départ et de son vol, elle le harcèle sur Facebook.
- **Lydia** : journaliste pigiste et grande fan d'Alex Bleach, qu'elle a interviewé plusieurs fois, elle est contactée par la Hyène pour mettre la main sur Vernon, ce qu'elle réussit à faire via Facebook.
- **Danièle** : il est le colocataire de Pamela Kant, également ancienne star du porno quand il était Déborah.

- **Kiko** : il organise une grande fête chez lui où Vernon fait office de DJ.
- **Marcia :** transsexuel brésilien, petite amie de Kiko, elle tombe sous le charme de Vernon pendant la soirée. Ils ont une liaison.
- **Sélim** : ancien voisin de la Hyène et époux de Vodka Satana, père d'Aïcha, qu'il ne comprend pas.
- **Aïcha :** elle apprend par le biais de la Hyène que sa mère est Vodka Satana, ancienne star du porno. Musulmane pratiquante, elle vit difficilement cette révélation. Elle part quelques jours à Barcelone, accompagnée par la Hyène.
- **Patrice** : vieil ami de Vernon, il battait sa femme et vit désormais seul en banlieue.
- **Sophie :** elle est la mère de Xavier. Traumatisée par le suicide de son fils aîné, elle est la première à rencontrer Vernon dans la rue, mais ne parvient pas à l'aider malgré sa bonne volonté.
- **Olga** : elle vit dans la rue et se prend d'affection pour Vernon.
- **Noël :** il fait partie d'une bande de casseurs d'extrême-droite.

CLÉS DE LECTURE

UN ROMAN POLYPHONIQUE – VERS UNE COMÉDIE HUMAINE DU XIXe SIÈCLE

Nous l'avons vu, il y a de très nombreux personnages dans *Vernon Subutex*, et s'ils n'ont pas tous la même importance, Virginie Despentes accorde successivement à une vingtaine d'entre eux les rênes du récit. La multiplication des personnages est l'une des caractéristiques et des forces du genre romanesque. Le texte tire pleinement profit de cette prolifération de points de vue et d'individualités pour aboutir à la création d'un univers fictionnel complet et cohérent.

Vernon Subutex s'inscrit ainsi dans la lignée de l'ambition balzacienne – c'est un roman-monde, une version réduite et fidèle de la société tout entière. Seule diffère la méthode – si Honoré de Balzac (écrivain français) arrive à recréer l'illusion de société par la réutilisation des mêmes personnages au travers de dizaines de romans, Virginie

Despentes s'y attèle par leur juxtaposition au sein du même récit. Le choix de la focalisation interne (nous y reviendrons) tout comme la reprise miniature du système d'échos balzacien permet à l'auteur d'incarner rapidement et solidement ses personnages – nous croyons à leur existence aussi pleinement qu'à celle de Lucien de Rubempré, ce personnage qui apparaît dans deux romans de Balzac dont les actions sont situées à plus de dix ans d'écart. De même, dans le roman de Virginie Despentes, les protagonistes acquièrent une véritable épaisseur parce qu'ils nous ont été annoncés plus tôt ou nous serons rappelés plus tard.

Ainsi, si la plupart ne sont au centre que d'un seul chapitre, ils sont presque tous cités dans d'autres et ainsi reliés entre eux. Virginie Despentes s'attache à briser l'artificialité du roman en créant un système relationnel complexe, où tous les personnages, connectés d'une façon ou d'une autre à Vernon et Alex Bleach, points nodaux du livre, sont également liés entre eux de façon transversale.

Virginie Despentes évite ainsi un réseau en étoile pour créer un système triangulaire complexe, comme Marcel Proust (écrivain français, 1871-1922) a su le faire avant elle dans les sept tomes d'*À la recherche du temps perdu.* Dans ce long roman qui compte plus de 2500 personnages, tous sont présentés en premier lieu selon leur lien avec le narrateur, personnage central du récit. Cependant, celui-ci découvre peu à peu que les autres personnages se connaissent entre eux et mènent une vie mondaine en dehors de sa propre personne. L'exemple le plus marquant est sans doute celui di mariage entre Gilberte Swann, amie et amour d'enfance du narrateur, et Saint-Loup, rencontré par le narrateur bien plus tard dans des lieux autres. Le narrateur, et donc le lecteur, ne pouvaient se douter que ces deux personnages se rencontreraient.

Mais cette création d'un univers fictionnel complet ne fonctionne que grâce à la diversité des personnages, qui va de pair avec une certaine tendance au stéréotype. Comme on trouvera chez Proust le Peintre, le Musicien et l'Écrivain, on trouve dans *Vernon Subutex* le scénariste raté, la ménagère écolo et le transsexuel. Il ne s'agit pas ici de critiquer l'emploi du stéréotype, passage obligé du roman, mais tout au contraire de souligner comment Virginie Despentes utilise ces catégories facilement identifiables pour accélérer la caractérisation de ses personnages, non pas *ex nihilo*, mais à rebours de la construction mentale que se fait de soi-même le lecteur.

Ainsi, les premières impressions fixent le stéréotype (le lecteur comprend que Patrice est un homme violent qui bat sa femme), et le développement du personnage vise à le singulariser (la narration ne dédouane pas Patrice, mais, en nous laissant entrapercevoir son point de vue, elle nous aide à comprendre que sa personnalité, loin d'être monolithique, est nuancée et contradictoire). Encore une fois, la pluralité est ici l'argument principal du roman, qui aborde nombre de personnages sous les angles de la sexualité, la religion, la famille, la politique, l'économie, la sociabilité... Virginie Despentes parvient réellement à une peinture, non pas exhaustive, mais précise et détaillée, englobante et fine, de la société française (ou du moins parisienne) du début des années 2000.

Le fait que la majorité des personnages endossent le rôle du narrateur le temps d'un unique chapitre n'empêche donc pas leur inscription dans un système complexe, qu'on pourrait qualifier de neuronal. La plupart se connaissent, sont mentionnés à plusieurs passages du roman. Ils sont en outre tous des personnages facilement asociaux à un cliché de la société du 19e siècle. Ces caractéristiques donnent au roman une dimension ludique : il est sans cesse demandé au lecteur un jeu de mémoire et de reconstruction d'une part, de reconnaissance du stéréotype sous-jacent d'autre part. Là encore, Virginie Despentes s'inscrit dans une prestigieuse tradition littéraire.

Pour le premier aspect, on a déjà évoqué Balzac, mais on pourrait aussi citer Victor Hugo (écrivain, poète et dramaturge français, 1802-1885) qui, dans *Les Misérables*, fait revenir des personnages à plusieurs centaines de pages de distance. L'objet-livre prend tout son sens : il est implicitement demandé au lecteur de feuilleter ce qu'il a déjà lu, de retrouver tel prénom déjà évoqué, tel événement annoncé plus tôt, ou bien, et c'est cette logique qui prédomine dans *Vernon Subutex*, de confronter deux perceptions radicalement opposées, comme l'amour naissant, pudique et dévorant de Sylvie pour Vernon, et la répulsion que ce dernier éprouve envers elle.

En ce qui concerne le plaisir de débusquer le stéréotype, de comprendre qui se cache derrière Selim, Noël, Lydia (notons ici que les stéréotypes ne sont pas uniquement appliqués aux personnages-narrateurs, et on peut retrouver le même plaisir en ce qui concerne les personnages proprement secondaires, évoqués en passant par tel ou tel narrateur occasionnel), Virginie Despentes réactive le principe fondateur des *Caractères* de Jean de La Bruyère (moraliste français, 1645-1696), où le stéréotype est minutieusement décrit dans une accumulation d'effets, et finalement dévoilé en toute fin de texte.

Il n'y a pas ici à proprement parler de dévoilement du stéréotype, car il n'y en a pas besoin (il est tout de même souvent explicité dans un chapitre ultérieur, généralement par Vernon : « Xavier a toujours été un connard de droite », p. 85 ; « ces gars sont des militants racistes », p. 364), mais le plaisir du lecteur est identique – anticiper, reconnaître et décrypter les traits typiques crée un sentiment de connivence, de compréhension du monde qui accentue, en retour, la force universalisante du roman.

L'UTILISATION DE LA FOCALISATION INTERNE

LE NOUVEAU ROMAN

Mouvement littéraire français du début de la deuxième moitié du XXe siècle, le nouveau roman est défini par son chef de file, Alain Robbe-Grillet (écrivain français, 1922-2008) en 1963. Ce mouvement rejette les codes romanesques classiques, et notamment ceux du roman réaliste. Le nouveau roman refuse les notions d'intrigue, de narrateur omniscient, et même de personnage. Le sujet d'un roman issu de ce courant est donc son écriture même, déconnectée du réel. La littérature ne renvoie plus au monde mais à l'écriture pure. Outre Alain Robbe-Grillet, les autres figures majeures du nouveau roman sont Nathalie Sarraute (1900-1999), Claude Simon (1913-2005) et Michel Butor (1926-2016). D'autres auteurs ont aussi pu y être rattachés de façon épisodique, comme Marguerite Duras (1914-1996), Jean-Marie-Gustave Le Clézio (1940-1975) ou Samuel Beckett (écrivain irlandais, 1906-1989).

L'un des éléments constitutifs d'un roman est sa focalisation : quel est le point de vue du narrateur ? Se situant dans la lignée des expérimentations du XXᵉ siècle et du nouveau roman, *Vernon Subutex* est une suite de focalisations internes apposées – aucun narrateur-cadre ne structure le récit (même si, comme nous l'avons vu, Vernon assume peu à peu la position de narrateur externe à sa propre histoire).

La focalisation interne (c'est-à-dire que le point de vue est celui d'un des personnages de l'action, par opposition aux focalisations externe et omnisciente, où le narrateur se trouve en dehors du récit) est la forme idéale pour l'épanouissement du *stream of consciousness*, c'est-à-dire le flot des pensées du personnage, rendu tel quel, sans la moindre distanciation stylistique. Procédé typiquement anglo-saxon à l'origine, développé chez Virginia Woolf (écrivain britannique, 1882-1941) et William Faulkner (écrivain américain, 1897-1962), mené à son paroxysme par James Joyce (écrivain britannique, 1882-1941) dans son *Ulysse*, le « courant de conscience » a également ses représentants en France (citons à nouveau Claude Simon, écrivain français et l'une des principales figures du nouveau roman). Dans ce sens, *Vernon Subutex* s'inscrit encore une fois dans une tradition littéraire riche.

On note ainsi dans le roman l'emploi d'un style oral, d'un vocabulaire argotique varié, de phrases longues à la construction débridée et à la ponctuation minimale, qui sont autant de caractéristiques du discours indirect livre spécifique « La culture des pauvres, ça lui fout la gerbe. Il serait réduit à ça – bouffe trop salée transports en commun bosser pour moins de cinq mille euros par mois et s'acheter des fringues dans un centre commercial. Prendre l'avion et devoir attendre dans les aéroports sur des chaises dures sans rien à boire ni les journaux se faire traiter comme une merde et voyager sur des sièges deuxième classe, être un connard de deuxième classe, les genoux recroquevillés et les coudes de la voisine dans les côtes. [...] Kiko ne le ferait pas, il braquerait des banques il se tirerait une balle il trouverait une solution », p. 238-239), soit autant de caractéristiques du discours indirect libre spécifique au *stream of consciousness.*

Il en découle aussi une force de conviction parfois déstabilisante : puisque la focalisation interne transcrit les pensées du personnage avec le caractère d'évidence qu'elles comportent pour lui, il n'y a aucun recul critique du narrateur sur son propre discours. Le personnage qui bat sa femme ne peut plus être aussi facilement condamné une fois qu'il nous a lui-même expliqué son ressenti, avec la certitude absolue qu'il est dans son droit.

Mais le caractère d'évidence des jugements de chacun des narrateurs temporaires se trouve parfois mis à mal par la succession des focalisations internes – un personnage qui se décrit lui-même comme fort sympathique peut être présenté sous un visage extrêmement désagréable par le narrateur suivant. Ainsi, chaque personnage du roman doit être lu à travers deux prismes : ce qu'il pense de lui-même, mais aussi ce que les autres en pensent. Virginie Despentes n'en tire pas seulement de formidables portraits en creux, mais aussi la preuve que nous n'existons que par le jugement combiné des autres et de nous-mêmes.

Nous en revenons encore une fois à la fabuleuse force de la galerie de personnages qu'introduit le roman – même s'ils ne sont au centre que d'un chapitre chacun, la focalisation interne permet de les singulariser suffisamment, de rendre leurs voix réelles, leurs pensées concrètes. Il s'agit en quelque sorte d'une façon d'accélérer, en espace réduit, le développement psychologique de personnages qui mériteraient, peut-être, un roman chacun. Par leurs pensées, et leur présence dans les pensées des autres, ils *sont*.

La spécificité du « flot de conscience » de Virginie Despentes se situe dans l'utilisation de la 3e personne du singulier, le refus du « je », qui permet d'universaliser le discours. Le procédé est subtil : le lecteur est à la fois emporté dans les pensées spécifiques d'un individu, et mis à distance de son individualité même. Le mouvement d'identification, normalement inhérent au procédé du *stream of consciousness*, est mis à mal, davantage par cet écart grammatical que par les pensées parfois violentes ou répréhensibles des personnages. Mais, par balancier, si le lecteur ne se reconnaît pas en Vernon, Émilie, Kiko, il leur reconnaît plus volontiers une existence autonome : il n'est ni tout à fait eux ni tout à fait étranger à eux ; sans être dans leur peau, il n'est pas non plus extérieur à leur personne. Sans l'identification qu'offre la première personne, mais aussi sans le recul qu'offre le roman traditionnel et le narrateur externe omniscient, le lecteur se trouve dans une position bâtarde par rapport aux personnages.

Il en ressort que les discours gagnent en universalité (ils sont plusieurs à penser ainsi, car les pronoms personnels « il » ou « elle » ont une valeur englobante) tout en conservant la force de sa singularité (il s'agit bien des pensées intimes de quelqu'un, et non de notions générales).

Par le refus de chapeauter les focalisations internes et d'imposer un narrateur omniscient, Virginie Despentes récuse tout jugement – ce que l'emploi du discours indirect libre révèle des pensées intimes et profondes des personnages est, et ne donne donc lieu à aucune autre caractérisation – c'est au lecteur et à lui seul de décider quoi penser.

Tel personnage content de lui est-il en réalité « un connard de droite », comme le pense un autre personnage ? Vernon est-il un loser comme le pensent certains de ses amis, ou la victime des circonstances, comme il le pense lui-même ? Tous les discours sont égaux : Virginie Despentes choisit de ne rien trancher de ces questions – elle offre à chaque voix la même valeur, et fait ainsi de son roman un roman porte-voix, qui peut tourner au catalogue, mais a le mérite de ne pas hiérarchiser les sensibilités. De la multitude de ces voix ressort, de façon apparemment para-doxale, une voix unique – celle de la colère.

UNE CRITIQUE SOCIALE ACERBE

L'absence de jugement donne à la voix de chaque personnage le même poids – ils battent leur femme, prennent de la drogue, ne pensent qu'au sexe, sont racistes, réactionnaires, mesquins, mais aussi (et souvent les mêmes), rêveurs, passionnés, solidaires, attentionnés... Virginie Despentes nous plonge dans les pensées intimes d'une génération (la quasi-totalité des person-nages a entre 40 et 50 ans) qui ne parvient plus à trouver sa place, qui s'estime trompée par la vie et la société, qu'ils soient au sommet de la pyramide sociale ou dans la rue.

À première vue, *Vernon Subutex* peut sembler un livre misanthrope – tout le monde en prend pour son grade et l'aigreur jamais démentie des personnages peut lasser. Ainsi, Laurent, producteur à succès, a « la sensation d'avoir une longue aiguille rouillée enfoncée dans la gorge » (page 115) et ne déteste rien de plus que « le succès d'autrui » (p. 117). Pamela, ancienne star du porno, « ne parvient pas à s'intéresser aux hommes. Ils se rabaissent trop facilement » (p. 199). Patrice, postier, « aimerait bien, avant de crever, voir tous ces chacals rendre l'argent qu'ils ont volé » (p. 317), et se demande « à quel moment se sentirait-il vivant et bien dans sa peau, s'il n'avait plus la colère ? » (p. 313).

Le relevé est très parcellaire, mais souligne une exaspération partagée par tous, contre tous. Les riches méprisent les pauvres, les hommes déprécient les femmes, les jeunes détestent les vieux, et inversement. Le lecteur peut même se sentir pris en otage par le texte et le choix de la focalisation interne, qui lui impose de plonger dans le désespoir, l'étroitesse d'esprit, l'insupportable contentement suffisant des êtres. Ce serait un contresens, qui devrait pourtant être se démentir lui-même : le fait même que le désespoir soit partout révèle qu'il n'est pas inhérent aux personnages, mais qu'il découle des circonstances extérieures.

Virginie Despentes s'attèle en quelque sorte à une démonstration par l'absurde : l'apparence de misanthropie, poussée à l'extrême, ne débouche finalement que sur une empathie, une compassion sans pareille. Remarquons ainsi qu'Émilie, Xavier et Laurent, les premiers personnages introduits après Vernon, paraissent très peu sympathiques au premier abord, mais, trois cent pages plus loin, Olga, ce même Xavier, et Noël, pourtant pas foncièrement meilleurs, nous semblent bien plus appréciables. C'est que leur désespoir, que l'on avait cru personnel au début, s'est révélé une part inévitable de la vie de chacun. Ce retournement que parvient à opérer Virginie Despentes est assez fascinant, et particulièrement extraordinaire dans le cas de Xavier, que tous, lecteur compris, qualifient de « connard » jusqu'au second chapitre centré sur lui, bouleversant d'humanité.

Ce ne sont pas les hommes que Vernon Subutex critique, mais bien la société qui les pousse à de telles extrémités. C'est pour cela que la trilogie est devenue un symbole des mouvements anticapitalistes : rares sont les fictions à avoir si bien saisi l'absurde de la société contemporaine et des rapports entre les individus qu'elle instaure. En nous montrant, de façon absolument imprévisible, comment Vernon devient SDF, Virginie Despentes nous met face à nos contradictions. En effet, l'issue est envisagée dès les premières pages, mais, comme les personnages, nous refusons d'y croire. Comment, en effet, Vernon, si sympathique, si talentueux, qui a tant d'amis, pourrait-il finir à la rue ?

Virginie Despentes joue aussi ici sur les codes romanesques – puisque Vernon a, sous la main, les cassettes vidéo d'Alex Bleach, et que tant de personnages influents les cherchent, il ne peut réellement rien lui arriver de grave, il y aura toujours ce *deus ex machina* (expression latine qui désigne, à l'origine, l'arrivée sur la scène théâtrale d'un dieu, qui permet de résoudre une situation désespérée. L'expression est utilisée aujourd'hui dans un sens plus large pour désigner la façon miraculeuse dont les personnages d'une œuvre de fiction se tirent d'un mauvais pas) pour le sauver. Le parallélisme entre l'impossibilité générique (puisque Vernon peut être sauvé si facilement, il le sera forcément) et l'impossibilité sociale (puisque les personnages connaissent Vernon de longue date et qu'il est si sympathique, il ne peut pas se retrouver à la rue) met le lecteur en situation de porte-à-faux. Si l'on a envie de s'énerver en fin de roman – ils sont si nombreux, ceux qui auraient pu tendre la main à Vernon –, ce n'est que pour se retrouver en face à face avec sa propre incrédulité, sa propre passivité.

Vernon Subutex est avant tout un livre sur le dysfonctionnement profond de la société et sa tendance à transformer les individus en monstres. Il reste cependant, et presque paradoxalement, un livre profondément humaniste, qui ne condamne personne. Si la société est impardonnable en son ensemble, chacun de ses membres, pris individuellement s'efforce de ne pas se laisser broyer par ses rouages.

VERNON SUBUTEX – TOMES 2 ET 3

À l'origine, Virginie Despentes ambitionnait de publier les trois tomes de *Vernon Subutex* sur une année calendaire ; le tome 2 est d'ailleurs sorti dès le mois de juin 2015, quelques mois après le tome 1. Le tome 3, cependant, n'est sorti qu'en mai 2017, suite à un processus d'écriture plus long que prévu. Le tome 2 a connu un succès proche de celui du tome 1 (plus de 200 000 exemplaires écoulés), et tout semble indiquer que le tome 3 connaîtra le même sort. On retrouve dans ces deux tomes les personnages du tome 1, dont les relations vont considérablement évoluer, et bien sûr Vernon Subutex, clochard épanoui et idéalisé. Ces suites sont aussi marquées par une inscription plus marquée dans le réel, les attentats parisiens de 2015 et 2016 ayant notamment une importance capitale dans le récit. La fin, surprenante, reprend et amplifie les thèmes abordés dans le tome 1 – proposant notamment une alternative sociale, tentative de réponse à la critique sans concession du premier tome.

PISTES DE RÉFLEXION

QUELQUES QUESTIONS POUR APPROFONDIR SA RÉFLEXION...

- Vernon Subutex cite à plusieurs reprises des personnalités réelles de la vie publique, notamment des artistes (« Patrick Bruel, Garou, Raphaël », page 319). Quel effet cela produit-il sur le lecteur en regard de l'intrigue ?
- Vernon Subutex est-il un vrai nom ou un pseudonyme ? Le texte donne-t-il des indices sur cette question ? Quelle signification a cette étrange appellation ?
- La soirée chez Kiko est un moment particulier du roman, le seul où Vernon semble contrôler son sujet. Pourquoi ? En tire-t-il des conséquences ? Peut-on y lire une autre issue possible dans l'impasse où se trouve Vernon ?
- Que peut-il y avoir sur les cassettes vidéo d'Alex Bleach ? Est-il nécessaire de le savoir ?
- Le roman est-il autosuffisant ou a-t-on besoin de(s) suite(s) pour l'apprécier et le comprendre ?

- L'écrasante majorité des personnages est de la même génération et a entre 40 et 50 ans. Citez les contre-exemples. Qu'apportent-ils à la dynamique du récit ? Ont-ils leur place dans le roman ou semblent-ils en quelque sorte décalés ?
- Par le personnage d'Aïcha, Virginie Despentes introduit la question de la religion dans le roman. Comment la traite-t-elle ? Notez-vous une différence par rapport à d'autres questions potentiellement polémiques comme le racisme ou la transsexualité ?
- La sexualité joue un rôle important dans les interactions et la caractérisation des personnages. Est-elle pour autant très présente dans le livre ? Virginie Despentes peut-elle réellement être considérée comme une auteure « pornographique » ?

Votre avis nous intéresse !
Laissez un commentaire sur le site de votre
librairie en ligne
et partagez vos coups de cœur sur les réseaux
sociaux !

POUR ALLER PLUS LOIN

ÉDITION DE RÉFÉRENCE

- *Vernon Subutex*, tome 1, Paris, Grasset, 2015, 430 p.

ADAPTATION

- Une adaptation en série télévisée est en cours de production. Coécrite par Benjamin Dupas et Cathy Verney, assistés par Virginie Despentes elle-même pour le premier épisode, la série sera composée de 9 épisodes de 30 minutes. Romain Duris tiendra le rôle-titre.

SUR LEPETITLITTÉRAIRE.FR

- Fiche de lecture sur *Apocalypse bébé* de Virginie Despentes.

Retrouvez notre offre complète sur lePetitLittéraire.fr

- des fiches de lectures
- des commentaires littéraires
- des questionnaires de lecture
- des résumés

ANOUILH
- Antigone

AUSTEN
- Orgueil et Préjugés

BALZAC
- Eugénie Grandet
- Le Père Goriot
- Illusions perdues

BARJAVEL
- La Nuit des temps

BEAUMARCHAIS
- Le Mariage de Figaro

BECKETT
- En attendant Godot

BRETON
- Nadja

CAMUS
- La Peste
- Les Justes
- L'Étranger

CARRÈRE
- Limonov

CÉLINE
- Voyage au bout de la nuit

CERVANTÈS
- Don Quichotte de la Manche

CHATEAUBRIAND
- Mémoires d'outre-tombe

CHODERLOS DE LACLOS
- Les Liaisons dangereuses

CHRÉTIEN DE TROYES
- Yvain ou le Chevalier au lion

CHRISTIE
- Dix Petits Nègres

CLAUDEL
- La Petite Fille de Monsieur Linh
- Le Rapport de Brodeck

COELHO
- L'Alchimiste

CONAN DOYLE
- Le Chien des Baskerville

DAI SIJIE
- Balzac et la Petite Tailleuse chinoise

DE GAULLE
- Mémoires de guerre III. Le Salut. 1944-1946

DE VIGAN
- No et moi

DICKER
- La Vérité sur l'affaire Harry Quebert

DIDEROT
- Supplément au Voyage de Bougainville

MALRAUX
- La Condition humaine

MARIVAUX
- La Double Inconstance
- Le Jeu de l'amour et du hasard

MARTINEZ
- Du domaine des murmures

MAUPASSANT
- Boule de suif
- Le Horla
- Une vie

MAURIAC
- Le Nœud de vipères

MAURIAC
- Le Sagouin

MÉRIMÉE
- Tamango
- Colomba

MERLE
- La mort est mon métier

MOLIÈRE
- Le Misanthrope
- L'Avare
- Le Bourgeois gentilhomme

MONTAIGNE
- Essais

MORPURGO
- Le Roi Arthur

MUSSET
- Lorenzaccio

MUSSO
- Que serais-je sans toi ?

NOTHOMB
- Stupeur et Tremblements

ORWELL
- La Ferme des animaux
- 1984

PAGNOL
- La Gloire de mon père

PANCOL
- Les Yeux jaunes des crocodiles

PASCAL
- Pensées

PENNAC
- Au bonheur des ogres

POE
- La Chute de la maison Usher

PROUST
- Du côté de chez Swann

QUENEAU
- Zazie dans le métro

QUIGNARD
- Tous les matins du monde

RABELAIS
- Gargantua

RACINE
- Andromaque
- Britannicus
- Phèdre

ROUSSEAU
- Confessions

ROSTAND
- Cyrano de Bergerac

ROWLING
- Harry Potter à l'école des sorciers

SAINT-EXUPÉRY
- Le Petit Prince
- Vol de nuit

SARTRE
- Huis clos
- La Nausée
- Les Mouches

SCHLINK
- Le Liseur

Analyse de l'œuvre
Germinal

Analyse de l'œuvre
L'Étranger

Analyse de l'œuvre
Le Père Goriot
de Balzac

Analyse de l'œuvre
Candide ou l'Optimisme

Analyse de l'œuvre
Oscar et la Dame rose

ISBN version numérique : 9782808014403
ISBN version papier : 9782808014410
Dépôt légal : D/2018/12603/480

Conception numérique : Primento,
le partenaire numérique des éditeurs.

Ce titre a été réalisé avec le soutien de la Fédération Wallonie-Bruxelles, Service général des Lettres et du Livre.